हिंदी और मैं

तमिलवाली की हिंदी

डॉ.के.पद्मिनी

ISBN 978-93-5458-132-8
© डॉ.के.पद्मिनी 2021
Published in India 2021 by Pencil

A brand of

One Point Six Technologies Pvt. Ltd.
123, Building J2, Shram Seva Premises,
Wadala Truck Terminal, Wadala (E)
Mumbai 400037, Maharashtra, INDIA
E connect@thepencilapp.com
W www.thepencilapp.com

Author biography

Dr.PadminiPhD Kumar <kmr.pdmn@gmail.com>

नाम: के . पद्मिनी

पिता का नाम: इ . करुप्पैया

माता का नाम: क .उण्णामुलैताइ

जन्म तिथि:   26 अप्रैल 1953

जन्म स्थान: शिवकासी

राष्ट्रीयता:   भारतीय

ईमेल आई डी: kmr.pdmn@gmail.com

मोबाइल नंबर: 9840595193

शैक्षिक योग्यता:

1.एम.फिल _ 2014 _ सूर्यबाला की चयनितकहानियो में मध्य वर्ग _ निर्देशक: डाॅ .निर्मला मौरया

2 .पीएच .डी _ 2017 _ सूर्यबाला जी की कहानियों में मध्य वर्ग _ निर्देशक: डाॅ . निर्मला मौरया

CONTENTS

कविताएं

शांति (कविता-1)

मैं ने सोचा

क्या है शांति ?

कहाॅं है शांति ?

गाती है भ्रमर सदा गाना

झरझर करता है सदा झरना

गरजता है बादल

बरसता है जल

मैं ने सोचा

क्या है शांति ?

कहाॅं है शांति ?

घर पर आई भाभी

लेकर प्यारी भतीजी

कुछ देर हॅसती

कुछ देर रोती

कभी न रही शांति

क्या है उसका नाम पूछी

रख लो तुम कहा भाई

मैं ने अब सोचा

आत्मा ही है शांति

आत्मा में है शांति

हॅसकर मैंने रखी

उसका नाम शांति ।

कविता-2

नई कलम

चुपचुप लेकर जाती

नई कलम को पोती

लिखती लिखती

डेर सारे लॅिखती

कागज पर नहीं

नया बना हुआ

दीवार पर।

कविता - 3

प्रेम _पत्र

मेरे प्रिय प्रेमी

लिखना चाहती हू ढेर सारी बातें पर

लिखा न पाती एक तिनका अक्षर

क्यों

समझ न पाती

क्या पत्र के द्वार से

बाहर निकालनेवाला है प्रेम

नहीं

आँखों में फँसकर

मन पर लिपटकर

साँस में व्याप्तवाला है प्रेम

इसलिए

मेरे प्रिय प्रेमी

लिखना चाहती हू ढेर सारी बातें पर

लिखा न पाती एक तिनका अक्षर

आप की प्रेयसी

पद्मिनी

कविता - 4

मैं क्या लिखूं

अकेली बैठी सोचती हूं मैं क्या लिखूं ?

आरंभ करती सोचती हूं मैं क्या लिखूं ?

इधर उधर देखकर सोचती हूं मैं क्या लिखूं ?

ईश्वर पर एक कविता क्या मैं लिखूं !

उम्र पैंसठ हो गई मेरी क्या लिखूं ?

ऊपर जाने का वक्त है न मैं क्या लिखूं ?

ऋग्वेद न जानती फिर मैं क्या लिखूं ?

एक एक शब्द चुनकर मैं क्या लिखूं ?

ऐतिहासिक बनना चाहती मैं क्या लिखूं !

ओरों सब की आवाज सुनकर मैं लिखूं

अंबर छूती ऊंचे विचार की पंक्तियां मैं लिखूं

अःकार छोडकर अब मैं लिखूं

'सब को मेरा सादर प्रणाम ।'

कविता - 5

नदी

पहाड पर बरसाती हूं

झरना बनकर गिरती हूं

समतल पर बहती हूं

जीवजंतुओं से मिलती हूं

धीरेधीरे विधा लेती हूं

सागर में डूबती हूं

डेर सारे संपत्ती भरते।

लाकडउन

अनजान महामारी
आने का कारण

इधर न जाकर, उधर न जाकर
ईश्वर से प्रार्थना कर
उलझन से रहकर
ऊब होते बैठकर
ऋषि की तरह जीकर
एकता का बल महसूस कर
ऐतिहासिक घटना बनकर
ओजोन परत बचाकर
औरत घर की खाना खाकर
अंधे होते दौड़ना छोड़कर
अःहःहः मन मोह हँस कर
सब को घर में रखा है
महामारी का यह लाकडउन।

कहानी

आंख खोलकर रखें।

आज से 50 साल की पुरानी बात है। मैंने तब 15 साल का था। उस दिन एस०एस०एल०सी परीक्षा का पहला दिन था। पहला परीक्षा का विषय सामान्य गणित था। स्कूल में सब जानते हैं कि सामान्य गणित में सर्वश्रेष्ठ सौ अंक पानेवाली विद्यार्थिनी मैं ही हूं। सुबह जल्दी उठकर नहाकर नई साड़ी पहनकर तैयार होती थी। उन दिनों में परीक्षा के दिनों में यूनिफार्म पहनने की जरूरत नहीं थी। मुझे क्यों न मालूम कि अपने दिल और दिमाग दोनों पूरा साफ सुधार लगाता उस दिन में। मुझे न तो चिंता, न तो बेचैन था। नाश्ता लेकर सीधे स्कूल पहुंची।

पहली मंजिल में विशाल परीक्षा हाल में प्रवेश कर अपनी नंबर ढूंढकर मैंने बैठ गई। उस विशाल हाल में लगभग 200 छात्र-छात्राओं बैठकर परीक्षा लिख सकते हैं। वहां कई परीक्षक इधर-उधर घूम कर निरीक्षण करने लगे थे। उस दिन हमारे स्कूल में परीक्षा लिखनेवाली लड़कियां बीस थीं। इस की बजह एक पंक्ति में चार चार होकर पांच पंक्तियों में हम बैठकर परीक्षा लिखना पढ़ा था।

सीधे10:00 बजे परीक्षा आरंभ हुआ। उत्तर पत्र तथा प्रश्नपत्र दोनों का वितरण हो चुका था। सबका ध्यान परीक्षा लिखने में लग गया। मैंने पूरे डेढ घंटे में परीक्षा लिख चुकी थी। बाकी समय मैंने खामोशी से बैठी थी।उस समय हमारे पास घूमते रहते परीक्षक मेरे सामने खड़े होकर सब को चेतावनी दे रहे थे कि उत्तर पूरा लिखने के बाद दुबारा पढकर जांज कीजिए कि कोई गलत है या सब ठीक से लिखा गया या नहीं।

इस प्रकार चेतावनी देते समय उन्होंने अपनी उंगली मेरे उत्तर पत्र के पहले पृष्ठ पर रखते थपथपाते थे । फिर चले जाते थे । समय बीत गया । अंतिम 5 मिनट ही थे । फिर भी उन परीक्षक ने मेरे उत्तर पत्र में अपनी उंगली से थपथपाकर चेतावनी देते रहते थे । उत्तर पत्रों का एकत्र करने का समय हो गया । मैंने अपना उत्तर पत्र सौंप कर बाहर आई ।

बाहर आने के बाद ही मेरे दिमाग में अपनी गलती प्रकाशित हुई । कितनी बेसमझी थी मैं ने ! पहले पृष्ठ में मैंने भूल से $2 \times 2 \times 2 = 8$ लिखने बिना 6 लिखकर उस समस्या हल कर दी । पूरे उत्तर पत्र में वही एक गलती मैंने की । इसे कारण पूरे डेढ घंटे परीक्षक को मुझे चेतावनी देकर बेचैन से घूमते रहना पडा था ।

आज 50 साल की बाद उस दिन की याद में पछताव करती हूं मैं कि 100 अंक के बदले मुझे 98 मिलने की बात पर नहीं ,पर उन परीक्षक को मैंने कितना बेचैन बनवाया पूरे डेढ घंटे तक । गुरुजनों का मन समझती हूं खुद एक अध्यापिका बनने के बाद । इसलिए मैं आप सभी छात्र छात्राओं से बार-बार समझाती हूं कि हमेशा घमंड से न बैठें,आंखें खोलकर रखें ।

सुभम

ग्रीष्म ऋतु में

ग्रीष्म ऋतु में

इस साल ग्रीषम ऋतु की छुट्टियों में मेरी सहेली के साथ पांडिचेरी गई। हर रोज़ सुबह और शाम को हवा खाने के लिए टेरस में टहलती रहती थी। एक दिन वहां ज़मीन पर कवर चित्र में दिखाये गए चीजें मैंने देखा। पहले इस के बारे में जानकारी न थी। फिर मैंने उसे इकट्ठा कर ध्यान से देखा। अब मालूम हो गया कि वे बीज हैं।वे हवा में उड़ने वाले हैं। ग्रीष्म ऋतु में ही वे धूप से सूखा होते हैं और अपने पेड़ से उतर कर हवा में उड़ दूर दूर तक फैले हैं। कितनी अनोखी है यह प्रकृति !

यह जानना दिलचस्प होगा कि तथाकथित पंख वाले बीज हवा की मदद से कैसे फैलते हैं। वे उन पौधों में दिखाई दिए जो खुले क्षेत्रों में विशेष रूप से विकसित होते हैं। ये "पंख" विशिष्ट बाल हैं जो पूरी तरह से बीज को कवर करते हैं (उदाहरण के लिए, एनीमोन में)। चिनार और विलो में, बीज आमतौर पर बेहतरीन बालों से मिलकर crests के साथ आपूर्ति की जाती है। हेज़ेल, हॉर्नबीम, एल्डर और बर्च में, फल पंखों के साथ छोटे नट होते हैं। ऐश और मेपल फलों में एक पंख होता है। संयोग से, इसीलिए जब वे गिरते हैं तो घूमते हैं। फूले हुए सेड के बीज और फल, ब्लैडरवॉर्ट, एस्ट्रैगैलस हवा की मदद से फैलते हैं। उत्सुकता से, इन पौधों में, वे गुब्बारे में यात्रा करते हैं, जो हवा के थैली से बनते हैं जो उन्हें कवर करते हैं।

हिंदी और अन्य भारतीय भाषाएं-नया आयाम

हिंदी और अन्य भारतीय भाषाएं_नया आयाम

हम सब जानते हैं कि हिंदी संपर्क भाषा है,राज्य भाषा है और राष्ट्रीय भाषा की योग्यता में भी है। हमारे देश की संविधान में हिंदी और 22 भारतीय भाषाएं राज्य भाषा के रूप में घोषित किया गया है।अब हम यहां इन भाषाओं का नया आयाम के बारे में चर्चा कर रहे हैं।

भाषा का नया आयाम यह है वर्गोंभाषा,तकनीकी भाषा,साहित्यिक भाषा,राजभाषा राष्ट्रभाषा,संपर्क भाषा,बोलचाल की भाषा,मानक भाषा आदि। आज का आधुनिक युग में हमारा देश तकनीकी प्रगति में विश्व में सबसे आगे हैं।तकनीकी प्रगति के कारण आज का आधुनिक युग कंप्यूटर युग बन गया है।इसलिए विश्वभर हर क्षेत्र डिजिटलमय् हो चुका है।हम सब अच्छी तरह जानते हैं कि इंटरनेट के साथ होते मोबाइल आज के युवक-युवतियों का दायां हाथ बन चुका है।हाथ में उस छोटा सा भूमि, नहीं मोबाइल,लेकर 'हीरो हरकुलिस' की तरह घूमते फिरते रहते हैं।इसलिए हिंदी और भारतीय भाषाओं का नया आयाम वहां शुरू होता है।

प्राचीन भारत में देशभर पर्यटन,तीर्थाटन और व्यापार-व्यवसाय सब संस्कृत से विचार विनिमय करते रहे होंगे।आधुनिक भारत में यह काम हिंदी कर रही है क्योंकि पूरे देश में यह बहुमत से बोली जाती है और बहुत प्रचलित है। हजारों सालों में हिंदी साहित्य अपनी ऊंचाई पहुंच गई है।स्वतंत्र भारत में सभी प्रांतीय भाषाओं का विकास भी हिंदी के साथ साथ बढ़ता रहा है। अब बीसवीं शताब्दी में नया आयाम का दृश्य हमें दिखा देता है।इस कंप्यूटर युग में हिंदी और भारतीय भाषाओं का नया आयाम डिजिटलीकरण होता है।मीडिया इस का आधार है; मीडिया ही इसकी जननी है।

मीडिया से हिंदी और अन्य भारतीय भाषाओं का विकास तीव्र गति से बढ़ते रहा है। दरअसल इलेक्ट्रॉनिक मीडिया बहुत बड़ा मास मीडिया है जैसे

गूगल,याहू,एंड्राइड में इंटरनेट,आईफोन में सफारी,फ़ेसबुक,ट्विटर आदि के साथ सभी भाषाएं और उनकी साहित्य रचनाएं जैसे कहानी,कविता,नाटक आदि जहां सूर्य की किरणों कभी नहीं पहुंच पाती वहां तक पहुंच पाती हैं।फिर भी यह चिंतनीय बात है कि फिल्म,टीवी और इंटरनेट का प्रथम उद्देश्य बाजार है लेकिन साहित्य का आत्माभियक्ति है।इसलिए मीडिया या डिजिटल में हिंदी और अन्य भारतीय भाषाओं और उनकी साहित्य भाषाओं में अंतर दिखाई देना स्वाभाविक है।इसे दो वर्गों की लड़ाई के रूप में देखना अच्छा नहीं। इसके बजाय हम इस बात पर विचार करना उपयोगी होगा कि हिंदी और भारतीय भाषाओं की साहित्य भाषा मीडिया के द्वारा नया आयाम लेकर प्रचलित हो सकते हैं।

सभी भाषाओं के साहित्यिक कृतियां मीडिया के माध्यम से आम लोगों को भी उपलब्ध हो रही हैं।यदि उदाहरणों के लिए देखें तो प्रेमचंद की कहानियां पूस की रात,बूढ़ी काकी,कफन,गोदान आदि शिक्षित लोगों से पढ़ने वाली कहानियां लघु चित्र,अंग्रेजी में डॉक्यूमेंट्री फिल्म कहेंगे,उस रूप में अशिक्षित लोगों के पास पहुंच गई हैं। यही भाषा का नया आयाम है। कलम-कागज के बिना कहीं भी लेकर भाषाओं को पढ़ना-पढ़ाना ही एक आधुनिक नया आयाम है।

इंटरनेट में होते कई वेबसाइट जैसे हिंदी लेखक डॉट कॉम,स्टोरी मिरर डॉट कॉम,भाषा सहोदरी डॉट कॉम,ब्लैकिट डॉट कॉम आदि भाषाओं का नया आयाम में बड़े काम आते हैं। आजकल किसी भाषा के लेख हो,या कविता हो,या नाटक को,निबंध हो उसे बरसोंबरस पर डायरी में या कागज़ में रखने से मीडिया से उत्पन्न नया आयाम मुक्त कर दिया। हम सब जानते हैं कि इंटरनेट के कारण कविता लेखन में भारी उछाल आया है। हिंदी और भारतीय भाषाओं के साहित्य सृजन और उसके प्रकाशन को अधिक जनतांत्रिक बनकर इन भाषाओं का नया आयाम दिखाने काम आता है। ई-बुक और ई-पत्रिका इनके बिना आज का डिजिटल मीडिया नहीं है। एक जमाना था जिसमें हर व्यक्ति एक हाथ में गर्म कापी लेकर दूसरे हाथ में कागज से होते समाचार पत्र लेकर पढ़ने वाला था,लेकिन आजकल टीवी पर समाचार देखने-सुनने में ही आधुनिक युग के लोग अपने मन लगा कर बैठते हैं।

इस प्रकार मीडिया के बारे में चर्चा करते समय यह विषय ध्यान में रखना उचित है_वही अनुवाद है।अनुवाद हिंदी और अन्य भारतीय भाषाओं का नया आयाम लाने में अपना सीमा रखता है।इंटरनेट में गूगल अनुवाद के सहारा हिंदी को अन्य भारतीय भाषाओं में और अन्य भारतीय भाषाओं को हिंदी में अनुवाद करना बहुत

आसानी से किया जा सकता है। यहां वॉइस टाइपिंग का उपलब्ध है,इसलिए साहित्यकारों को भाषाओं का नया आयाम प्रयोग करने में बहुत लाभदायक होता है।

डिजिटलमय नया आयाम की प्रक्रिया में हिंदी और अन्य भारतीय भाषाओं का दायरा भी बढ़ता जाता है। यहां तीव्र गति के कारण नया आयाम गागर में सागर होता है। यदि हिंदी और अन्य भारतीय भाषाओं को कल जीवित रखना चाहते तो आज पूरी तरह कंप्यूटर साथिया बनना पड़ेगा हमें है कि हिंदी और अन्य भारतीय भाषाएं आधुनिक युग की यात्रा में निरंतर प्रगति की ओर बढ रखी होंगी।

उच्च मध्य वर्ग

उच्च मध्यवर्ग

प्रस्तावना:

मनुष्य सामाजिकप्राणी होने के कारण समाज में रहकर, मिलजुल कर ही अपना जीवन बिताता है।इसलिए वह समाज में उच्च वर्ग में हो, मध्यवर्ग में हो या निम्नवर्ग में हो, उसको कई समस्याओं का सामना करना पड़ता है। आर्थिक समस्या मुख्यत: होने के अलावा इस पर आधारित आने वाली समस्याओं जैसे अतिमहत्वाकांक्षा, दिखावापन, अकेलेपन, उपेक्षा, प्रेम, स्वाभिमान, भ्रष्टाचार आदि से लड़कर मनुष्य को अपने आपको स्थिर सुरक्षित रखने का बहुत प्रयास करना पड़ता है। शहर मेंरहतेअधिकतर उच्च सरकारी अधिकारी, बड़े-बड़े व्यापारी आदि जैसे अमीर लोग उच्च मध्यवर्ग में शामिल होतेहैं।

उच्च मध्यवर्ग के पाँचलक्षणों हैं—

(१)   उच्च पद, विद्या, उच्च विचार आदि

(२) धन-दौलतजैसे संगमरमरी इमारत,महॅंगाई या इम्पोर्टेड गाड़ियाँ

(३)   'पेट्स'   अर्थात्   कुत्ता

(४)   पूरे   घर   में   एयर   कंडीशनर

(५)   नौकर-चाकर, जैसे— माली, ड्राइवर।

उच्च मध्यवर्ग लोगों के लिए बनाते फ्लैटों के नाम भी इसी प्रकार रखते हैं। जैसे – गोल्डन फ्लैट, मोती टॉवर्स, हीरा फ्लैट आदि। नाम सुनते ही मालूम हो जाता है कि वहाँ रहने वाले लोग बहुत ऊँची कीमत वाले हैं। संगमरी इमारतें

होने के कारण यह बात सच हो है कि एक फ्लैट का दाम एक करोड़ से कम नहीं होगा। इसके अलावा हर फ्लैट के मालिक के पास महँगी या इम्पोर्टेड गाड़ी भी होगी। गाड़ियों के नाम सुनते ही मालूम होगा है कि ऐसी गाड़ियाँ उच्च मध्यवर्ग के पास ही हो सकती हैं जैसे – इंपाला, लाल टाॅयोटा, प्रीमियर पिद्मनी आदि।

उच्च वर्ग अपने आपको मध्य व निम्न वर्गों से अलग रखने के लिए खूब व्यवहार करते हैं। संगमरमरी इमारत, इंपोर्टेड गाड़ी, एयरकंडीशनर, नौकर-चाकर आदि सुख-सुविधाओं के साथ रहते उच्च मध्यवर्ग को क्या समस्या होगी! इस प्रकार हम सोच सकते हैं, लेकिन इस वर्ग के लोग अपनी महत्वाकांक्षाओं को पूरा करने के लिए कभी-कभी मरण तक पहुँच जाना पडते हैं।

उच्च मध्यवर्गीय जीवन में अतिमहत्वाकांक्षा

उच्च मध्यवर्गीय परिवार में हर काम के लिए नौकर होंगे, कपड़े धोने के लिए वाझिंग मेशिन, बरदन साफ करने के लिए डिस वासर जैसे सभी सुख-सुविधाएँहोंगे। नौकर-चाकर के सामने ये नहीं करना, वो नहीं बोलना, उच्च मध्यवर्ग लोगों के लक्षण मानते हैं। उच्च मध्यवर्गीय परिवार की सुख-सुविधा से भरी-पूरी खुशगल ज़िंदगी होने के कारण बडे लोग खुद ही प्रश्न करेंगे, खुद ही उनके प्रश्न के उत्तर भी देतेंगे। सामने वाले उनकी प्रश्नोत्तरी के बीच 'जी' और 'क्या' 'जी हाँ कहते सुनने वाले ही बनते हैं।

मध्यवर्गीय परिवार में लड़कियाँबडों के सामने साफ बोल नहीं पातीं, सिर्फ 'हाँ-ना' कर पाती हैं। 'हाँ या 'जी' को शर्मीली लड़कियों की 'मॉडेस्टी' समझ लिया जाता है। ये लड़कियाँ परिवार में रहते हुए भी अकेलापन महसूस करती हैं। उच्च मध्यवर्गीय परिवार में बच्चों से लेकर बड़ों तक अंग्रेज़ी बोलना अपना गर्व मानते हैं। बच्चे काॅन्वेंटी अंग्रजी बोलते हैं। 'सॉरी, आई एम बिज़ी' इस तरह फोन करते समय कहना उच्च मध्यवर्गीय लोगों की आदत है। जीवन भर अभिनय, औपचरिकता करते-करते चलने वाला नाटक है। यही उच्च मध्यवर्गीय यथार्थ जीवन है। भारत के उच्च मध्यवर्ग के लड़के अमेरिका जाकर पढ़ते समय भी भारतीय बनकर वहाँ रहते हैं।

उच्च मध्यवर्ग जीवन में दिखावापन

'शिष्ट ह्व आचार = शिष्टाचार, अर्थात् विनम्रतापूर्ण एवं शालीनतापूर्ण आचरण है। शिष्टाचार एक आभूषण है जो मनुष्य को समाज में आदर व सम्मान दिलाता है। यह ही मनुष्य को मनुष्य बनाता है।सरकारी अधिकारी अपने शिष्टाचार से सबका स्नेह और आदर पाता है। घर में शिष्टाचार, मित्रों से शिष्टाचार, आस-पड़ोस में शिष्टाचार, उत्सव-समारोह में शिष्टाचार, खान-पान एवं मेजबानी के समय शिष्टाचार आदि की तरह जीवन में हर समय शिष्टाचार पालन करने से ही परिवार उच्च स्थान पर है।

दिल्ली,मुंबई,कोलकत्ता की बहुमंज़िली इमारत में सभी उच्च मध्यवर्ग सुख-सुविधाओं के साथ रहते हैं। दीपावली उत्सव के दिन उनके फ्लैट कंदील-से झिलमिला उठेंगे। उस दिन मिठाइया, फल, रंगीन गिफ्ट पैकेट्स आदि लेकर एक परिवार के लोग दूसरे परिवार के घर जाकर मुबारक कहना उच्च मध्यवर्ग के लोग अपना गर्व मानते हैं। विशेषता में, सरकारी नौकरी या अधिकारी हों तो उनको दीपावली गिफ्ट देना ज़रूरत मानी जाती है। पैकेटों के अन्दर क्या-क्या बड़ी से बड़ी कीमती चीज़ें हों। जैसेचाँदी की नक्काशी, बेल्जियन-कट ग्लासों का पूरा सेट, शैंडिलियर, मसूर की दालों से मणिक को ऐसे ही थमा दी गई पुड़िया या बेशकीमती हीरे की छोटी-सी अँगूठी। इन पैकेट्स की खुशी के साथ एक अनजाना सा भय भी समा जाता है — इस सरकारी नौकरी को कभी आँच न आए।

आइ.पी.एस आदि लोग शामिल होते हैं। इन उच्च अधिकारियों के जीवन में उन पदों पर रहते समय वे लोग सुखी जीवन बिताते हैं लेकिन कभी-कभी भय से आतंकित ईश्वर से मन-ही-मन प्रार्थना करने लगते हैं कि किसी भी तरह से दुर्भाग्य से बचना, सब कुछ हमेशा ऐसा ही भरा-पूरा रखना। सदैव ऐसी ही कृपा दृष्टि रखना क्योंकि जब उनका प्रमोशन होता है तब उनके मित्र कभी-कभी गायब हो जाते हैं, जैसे —जलन के कारण या अपने आपको उनके सामने नीचा दिखाना नहीं चाहते, साल भर की खुशियों पर पानी फेरते हैं।

चाँदी की प्रतिमा की पूजा करना कोई रिवाज़ या रुढि नहीं थी। फिर भी उच्च और उच्च मध्यवर्ग में पूजा के लिए चाँदी की प्रतिमा, घंटी, पूजा करते समय प्रयोग की जाने वाली चीज़ों का उपयोग करना अपनी मर्यादा मानते हैं । सोने-चाँदी से भरपूर पूजा घर के साथ रहने पर भी वे चैन से पूजा नहीं

कर पाते हैं, भय से ही प्रार्थना करते हैं।

उच्च मध्यवर्ग के साथ-साथ निम्न मध्यवर्ग के लोग दीपावली मनाते हैं, जैसे नौकरानी ही अपनी मेम साहब के घर की सफाई करती है ; पूजा के लिए कुमकुम, अक्षत, फूल, दीप, धूप और दीप के लिए देशी घी, नैवेद्य आदि सब कुछ तैयार करती है; ये सब श्रद्धा से करती है इसलिए अंत में यह पता चलता है कि नौकरानी की झोंपड़ी में बच्चे खुशी से पटाखे छोड़ते हैं ।

मध्यवर्ग को उच्च तथा उच्च मध्यवर्ग तक पहुँचाने में दो मुख्य आधारित बिंदुओं पश्चिमीकरण और आधुनिकीकरण हैं। इन दोनों ईकाई से मध्यवर्ग का विकास खूब बढ़ता रहता है। मानव जीवन में बचपन से लेकर बूढ़ापन तक पश्चिमीकरण और आधुनिकीकरण दोनों खूब जुड़ चुके हैं। उत्सवों के अवसर पर इन दोनों की प्रक्रियाओं को स्पष्ट रूप से देख सकते हैं, मुख्यत: बर्थ-डे पार्टी पर। हर साल बर्थ-डे, वैडिंग-डे आदि मनाना उच्च मध्यवर्गीय परिवारों की आदत बन चुका है। एक साल के बच्चे के लिए बर्थ-डे की तैयारी करते तो क्या बच्चे को इसका मतलब मालूम हो सकता है ? वास्तव में एक साल का बच्चा अपनी ममता के प्यार से भरे क्षणों को उस दिन खोकर, क्योंकि माँ-बाप उस दिन सारे रिश्तेदारों और दोस्तों के साथ समय काटने पर, बच्चा कभी-कभी रो-रोकर थककर सो जाएगा। बच्चों की खुशी के लिए नहीं, माँ-बाप, रिश्तेदार, मित्र सब मिल-जुलकर एक दिन बिताने के लिए बर्थ-डे का प्रयोग करते हैं।

स्कूल में पढ़ते समय बच्चे अपने दोस्तों के साथ बर्थ-डे मनाना चाहते हैं। लेकिन उच्च मध्यवर्गीय परिवार में लोगों के खोखलेपन का प्रतीक बन चुका है ।

आजकल पश्चिमीकरण और आधुनिकीकरण दोनों कभी-कभी ज़रूरत से ज्यादा होते तो मानव जीवन की खुशियों पर पानी फेरते हैं। सुबह से शाम तक भाग-दौड़ करते पसीने-पसीने होते माँ-बाप के थके चेहरे, बच्चों के स्वप्न टूटते, रिश्तेदार खुलेआम ताने कसते, इन सब व्यवहारों के साथ बर्थ-डे, वैडिंग-डे उत्सव कभी-कभी व्यर्थ हो जाते हैं।

उच्च मध्यवर्गीय जीवन शैली लोगों के बीच अलग होती है, इसी के कारण

उनका हर विषय पर शिष्टाचार ठीक ढंग से होनी चाहिए नहीं तो उनकी उच्च स्थिति को लोग मिटा देंगे। उत्सव मनाने में शिष्टाचार का पालन करना उनका महत्व होता है। जैसे – समय पर बुलाना, समय पर केक काटना, समय पर खाना खिलाना, समय पर विदा देना उनके बहुमूल्य शिष्टाचार व्यवहार बन चुके हैं। शिष्टाचार के कारण ही उच्च मध्यवर्ग, उच्च वर्ग तक पहुँच सकते हैं। दूसरों को दिखाने के लिए बहुत आडंबर से उत्सव मनाना, बर्थ-डे मनाना छोड़कर उस समय और पैसे को कोई और अच्छे कार्यों के लिए, जैसे – पेड़ लगाना आदि पर खर्च करते तो समाज में भी सुधार होगा।

उच्च मध्यवर्गीय जीवन में अकेलापन

आज हमारे समाज में बच्चे से लेकर बूढ़े तक अकेलेपन की समस्या ने बड़ा प्रभावित किया है। आधुनिक काल में जैसे ही परिवार विभक्त हो गया, वैसे ही परिवार के बच्चे-बूढ़े लोगों की स्थिति बड़ी विचित्र हो गयी है।

उच्च मध्यमवर्ग अपने आपको उच्च वर्ग के साथ जुड़ाने के प्रयास में एक तरीका बच्चों के स्कूल के एडमिशन का है। उच्च वर्ग के बच्चों की तरह अंग्रेज़ी में बोलना, सवाल का जवाब तुरंत देना, सदा मुस्कुराते रहना आदि गुणों की ज़रूरत पड़ी है। बच्चों का पालन-पोषण एक विशिष्ट कार्य है जिस पर परिवार का एकाधिकार है।

परिवार बच्चों का सही ढंग से पालन-पोषण एवं उसके व्यक्तित्व का विकास करके समाज को सुयोग्य नागरिक प्रदान करता है।कामकाजीमाँघर छोड़कर जा पड़ते समय बच्चे अपने आपको कमरे में खूब भड़कीले रंगों वाली ढेरमढेर किताबें, स्टफ ट्वायज़, मोटर कारें, तेज़ आवाज़ करने वाले रंगों वाले भोंपू बजाते हवाई जहाज़, ट्रेनें इन सबके बीच अकेले रह जाएँगे।

उच्च मध्यवर्गीय जीवन शहर में बहुत उन्नत होता है। तकनीकी उपकरणों जैसे – टी.वी, लैपटॉप, कंप्यूटर, ई-मेल, आदि की उपलब्धि के कारण और शहर में आलीशान मकान, नौकर-टहलुए शानोशौकत के सारे बंदोबस्त।

गाँव के जीवन और वातावरण से शहर का जीवन तथा वातावरण अलग होता है। घर में माँ-बाप के लिए एक कमरा, बच्चों के लिए अलग-अलग कमरा, मेहमानों के लिए अलग कमरा, बड़े-बूढ़ों के लिए अलग कमरा। इस प्रकार उच्च मध्यवर्ग में पारिवारिक लोग अपने-अपने कमरे में रहते हैं। बेटा

दफ्तर चलाने, बहूकॉलेज पढ़ाने और पोता-पोती स्कूल ।

उच्च मध्यवर्ग के लोग अपने-अपने समय पर आते-जाते । आपस में थोड़ी बातचीत करते फिर अपने-अपने काम में मशगूल हो जाते । उच्च मध्यवर्ग के लोग बाहर जाकर मज़ा नहीं करते, घर में ही बैठकर टी.वी.रिमोट का बटन दबाते हैं । अपने-अपने मन पसंद चैनल देखने के लिए परिवार में कभी-कभी रिमोट के लिए झगड़ा भी होता है ।

उच्च मध्यवर्गीय जीवन में 'स्वाभिमान'

उच्च मध्यवर्गीय मनुष्यों का उत्तम गुण स्वाभिमान है । हमारे समाज के उच्च मध्यवर्ग में आज भी बड़े स्वाभिमानी इंसान हैं जिसके बल पर यह समाज जीवित है । अपने समुदाय, समाज, देश, धर्म, भाषा या अन्य किसी भी उपलब्धि के लिए आत्म-सम्मान या गौरव का भाव स्वाभिमान कहलाता है । राष्ट्र कवि मैथिलीशरण गुप्त जी ने लिखा है कि —

"जिसको न निज गौरव न अपने देश का अभिमान है,   वह नर नहीं है, पशु निरा है और मृतक समान है ।"

"मनुष्य के 'स्व' का सम्मान स्वाभिमान है जो आत्म-सम्मान भी कहा जाता है । मनुष्य की आत्मा से संबंधित गुणों में एक महत्वपूर्ण गुण स्वाभिमान है । स्वाभिमान मनुष्य को न्यायपूर्ण मार्ग पर चलने की प्रेरणा देता है ।"

स्वाभिमान से प्रेरित होकर मनुष्य असंभव को संभव, कठिन को सरल तथा सुखमय जीवन को भी कष्टमय बना डालता है । यह साहस की संगिनी भावना है । इस भावना का समाज में आदर होता है ।

भ्रष्टाचार, पाखंड और सतहीपन में गले तक डूबी दुनिया को देखकर साहस से लड़ते हुए स्वाभिमानी पूछते हैं – "आज लोग सही को सही मान लेने में इतना घबराते क्यों हैं ?

एक सुंदर स्वाभिमानी उच्च मध्यवर्गीय परिवारिकता का अर्थ भरा है ।

कुत्तों की लीश थामे उन्हें हवाखोरी के लिए ले जाते मुस्तैद नौकर,माली, आदि निम्नवर्ग भी वहाँदिखा देते हैं। पेट्स के बारे में देखें तो अल्सेशियन, डॉबरमैन, बॉक्सर, जर्मनशेपर्ड, आदि उच्च वर्ग कुत्तों को ही यह

लोग अपने घर में बच्चों की तरह देख-रेख करते हुए पालते हैं। शहर में आजकल इन कुत्तों के लिए पेट्स-क्लीनिक, पेट्स-स्पा, पेट्स केयर सेंटर आदि भी खोल दिए गए हैं। बच्चों के बूस्ट, हॉर्लिक्स की तरह कुत्तों को भी 'पेडिग्री' देना गर्व मानते हैं।

आजकल पूरे भारत देश में बिजली कटौती की समस्या चल रही है। फिर भी शहर में हर घर में एयरकंडीशन लग जाता है। उच्च मध्यवर्ग में पूरे घर में एयरकंडीशन लगाना अपनी प्रतिष्ठा मानते हैं। विशेष रूप से ड्राइंगरूम में ए.सी. लगाना। बिजली खर्च के अलावा ए.सी. की ध्वनि कानों की कोर में लहक उठती है।

नौकर-चाकर के बारे में देखें तो उच्च मध्यवर्गीय लोगों के घर में हर एक काम के लिए अलग-अलग नौकर रखना उनकी जीवन-शैली है। गेट के पास यूनीफॉर्म पहने खड़े हुए वॉचमैन, रसोईया, आया, धोबी, बच्चों या बूढ़ों की देख-रेख के लिए एंग्लो-इंडियन गवर्नेस, ड्राइवर, माली, कुत्तों की ज़ंजीर थामे उन्हें हवाखोरी के लिए ले जाते मुस्तैद नौकर आदि जैसे सभी प्रकार के नौकरों को घर में रखना उच्च मध्यवर्गीय प्रतिष्ठा है।

उच्च मध्यवर्गीय जीवन में स्वार्थ भावना

यह सच है, उच्च मध्यवर्गीय जीवन एक मामूली जीवन नहीं है। महानगरों में एयरकंडीशनों और रूफ गार्डनों से लदी-फदी बिल्डिंगें और उन बिल्डिंगों में स्वीमिंग पूल आदि उच्च मध्यवर्ग की शानदार इज़्ज़त हैं। इन सबके बीचों बीच ठंडी बयारों लॉन स्प्रिक्लर की फुहारों के मज़े लेता खूब नरम गुँथी घासों वाला स्वस्थ, गदबदा, नहाया-धोया मस्त पड़ा अद्धअंडाकार लॉन।

उच्च मध्यवर्गीय बच्चे साफ उछल-कूद नहीं करते हैं। वास्तव में जहाँ लॉन होता है वहाँ प्रेमी युगल हाथों में हाथ दिए असमंजस और आशंका के बीच लॉन की नरम दूब की फुनगियाँ कुटका करते होंगे। लेकिन उच्च मध्यवर्गीय प्रेमी डेटिंग, डिस्को, फास्ट फूड वाले जैसे –कॉफी-डे, के.एफ.सी आदि जाते हैं। उन्हें कोई असमंजस आशंका व्याप्ति नहीं होती।

लॉन पर उछल-कूद मचाते, बैठकर बात-चीत करते, धूप सेंकने या चलते जाते। ये सब उच्च मध्यवर्गीय बच्चे-बूढ़ों की आदत नहीं। बूढ़ा-बूढ़ी अपनी

इमारत में हुए बोन्साइ और कैक्टसों से भरी बालकनियों में ईज़ी चेयर पर बैठे डूबते सूरज को देखने की नीयत रखते हैं । कुल मिलाकर यह कह सकते हैं कि बूढ़े-ठेलों, आशंका, असमंजसों, डूबते सूरज, धुँधली नज़रों आदि के लिए उच्च मध्यवर्ग की इमारतों के बागों-लॉनों स्ट्रिक्टली प्रोहिबिटेड एरिया (strictly prohibited area) हैं । यहाँ सब कुछ चिरंतन सुख-सुविधाओं की ओवर लोडिंग से होते हैं । कोई दु:ख उनके आस-पास नहीं फटक सकता ।

बच्चों की देख-रेख के लिए आया रखना उच्च मध्यवर्गीय परिवारों की आदत है । इन आया का शाम को घंटे-आध घंटे के लिए अपने-अपने गोल-मटोल बाबाओं-बेबियों को हवाखोरी के लिए घर के बाहर लाॅन में ले जाना भी इस वर्ग की नीयत है । ये आया और बच्चे सब आम बच्चों, आम आयाओं से पूरी तरह अलग हैं ।

बच्चे चलने के नाम पर बमुश्किल थोड़ा बहुत लुढ़क-पड़क लेते हैं बस । आवाज़ उनकी बहुत धीमी गुनगुनाती-सी एकदम बैटरी खत्म हो गए म्यूज़िकल खिलौनों जैसी, हँसते भी हैं तो बस होंठ थोड़े से खिसकर वापस अपनी जगह ।

ये बच्चे, बच्चों की तरह आखिर हँस क्यों नहीं पाते ? खेल क्यों नहीं सकते ? शहर की ऊँची-ऊँची इमारतों, फ्लैटों, टॉवरों में रहते उच्च मध्यवर्गीय परिवारों में शाम को हर रोज़ हवाखोरी के लिए आया बच्चे की उँगली थामे बड़े अभिजात अंदाज़ में अपनी-अपनी इमारतों के छोरों से चली जा रही होंगी । थोड़ी हिंदी, थोड़ी ज़्यादा अंग्रेज़ी में बेहद सलीके से बच्चे को साधतीं । आगे-पीछे से कोई भी शर्त हार जाए कि कि आया है या किसी सुधारवादी संगठन की संयोजिकाएँ हैं । सिर्फ पैरों में पड़ी इकलरी पायल और घिसी हुई चप्पलें या सैंडलें उन्हें आया करार देती हैं ।

सामाजिक वर्गों में बच्चों के हँसने-रोने की भी एक सीमा होती है । उच्च वर्ग में बच्चे दिल खोलकर हँस नहीं पाते, निम्न वर्ग में बच्चे रो नहीं पाते । इस प्रकार सामाजिक वर्ग मानव जीवन के बचपन से आरंभ होकर बूढ़ेपन तक सीमा रखते हैं । कभी-कभी इन सीमाओं को पार करने का प्रयास करने से ही वर्गों में बदलाव दिखाई देता है ।

उच्चवर्ग की तरह खाने के लिए भी इम्पोर्टेड क्राफ्ट चीज़ मंगवाते रशियन सैलेड खाते हैं । उच्च मध्यवर्ग को पेस्ट्री, पिस्सा,बरगर,पास्दा, मैकरोनी आदि जानते हैं ।

अंतर्राष्ट्रीय खाने के पथार्थ मेज़ पर तैयार होने पर भी लोगों को उसे खाने का समय नहीं मिलेगा । ये बैठक, वहाँ बैठक, इससे मिलना है, उससे मिलना है कहकर इधर-उधर जाने में रेस की तरह हमेशा दौड़ते हैं । घर के बाहर हरा-भरा लॉन, लॉन में कूदने कुत्ता, बिल्ली या खरगोश आदि में सभी या एक पालतू जानवर और बागों में उड़ने वाले कबूतर, तितलियाँ आदि से भरपूर बड़ा भवन उच्च मध्यवर्ग का द्योतक है । उच्च मध्यवर्ग जीवन की बुलंदियों को छूने के प्रयत्न में अपने बच्चे के साथ खेलना, बाहर जाना-घूमना आदि पारिवारिक खुशी के मौके को खोता जाता है । बचपन में बहुत छोटे-से ही एरिस्टोकेट क्लास के स्कूलों में पढ़ना उच्च मध्यवर्ग का लक्षण मानते हैं । उच्च मध्यवर्गीय लोगों का मुख्यत: स्वभाव सदा मुस्कुराना है । यही उच्च मध्यवर्ग की कमज़ोरी है – दिखावापन वह अपने लिए कुछ नहीं करते ।

बाल कटा तो त्याग दे, चमरी-मृग निज प्राण ।

उसके सम नर प्राण दें, रक्षा-हित निज मान ॥

अनुवादक मु.गो. वेंकटकृष्णन से अनूदित तिरुक्करल के प्रकार अपने स्थान से धक्का देने की कल्पना से इसे माने-न-माने दिल का दर्द अधिक होकर मर जाता है । इस प्रकार उच्च मध्यवर्गीय जीवन में जितना दिखावापन होता है उतना धोखा भी मिल सकता है । अपने स्थान पर उँचाई पर बिठाने के लिए मनुष्य बहुत कोशिश करता है लेकिन जब उनको हार मिली तो उसका मन टूट जाता है । सिनेमा, रियल एस्टेट आदि उद्योग करने वाला ए.पी.एस आदि उच्चाधिकारी जैसे लोग हार-जीत के बीच टकराव से अपनी स्थिति गिरा पाते हैं और इसी के कारण आजकल मर जाते हैं । कुछ सालों पहले रिसेसन के कारण अनेक कंप्यूटर अभियंता अपने बेहाली को संभाल न सके, खुदकुशी तक गये थे ।

उच्च मध्यवर्ग में कभी-कभी हर आदमी के कंधे पर उसे उुपर चढ़ाने वाली सीढ़ी होती है, वह इसे ही ढो रहा है, उसका कुरूप लालच यह भी है कि सारी उँचाइयों पर वह खुद को ही चढ़ा हुआ देखना चाहता है । अपना लक्ष्य

हासिल कर वह सीढ़ी हटा देता है।

निष्कर्ष

निष्कर्ष रूप में हम यह कह सकते हैं कि सामाजिक जीवन की भीषण अकेलेपन, स्वार्थ की भावना, भयग्रस्त स्थिति, भ्रष्टाचार, खोखलापन, स्वाभिमानी आदि के साथ नौकरों की समस्या, नारी की समस्या, बच्चे-बूढ़ों की समस्या, इन सभी ही नहीं बल्कि उनके समाधानों की ओर चलते उच्च मध्यवर्गीय जीवन एक मामूली जीवन नहीं है।

अनूदित साहित्य

सन 1980 से आज तक के हिंदी साहित्य में अनूदित साहित्य: एक विमर्श

प्रस्तावना:

अनुवाद एक महत्वपूर्ण कला है, शिल्प है और विज्ञान भी है। वह एक संबंध का नाम है जो दो या दो से अधिक भाषाओं के बीच होता है। अनुवाद वह प्रक्रिया है जिससे एक भाषा-समुदाय से दूसरे भाषा-समुदाय को संप्रेषित किया जाता है। भारत जैसे बहुभाषी देश में स्वतंत्रता पाने के बाद विभिन्न भाषा भाषी भारत वासियों में संपर्क की स्थिति प्रमुख रूप से आरंभ हुई। इसके अतिरिक्त राष्ट्रीय स्तर पर बढ़ते हुए आदान-प्रदान के कारण अनुवाद कार्य की अनिवार्यता और महत्त्वता की नई चेतना प्रबल रुप से विकसित होती हुई ।19वीं तथा 20वीं शदाब्दी में सभी भारतीय भाषाओं की साहित्यिक कृतियों के अनेक अनुवाद हिंदी में हुए हैं।

भारत सरकार की योजना:

भारतीय भाषाओं में " विविधता में एकता" भावना बढ़ाने के लिए अनुवाद के माध्यम से उन भाषाओं के साहित्य को भाषांतर या रुपांतर या दोनों प्रकार में अनुवाद करवाने के प्रयास में भारत सरकार अपना कदम आगे रखा है। तमिलनाडु में पूज्य बाबू जी के द्वारा स्थापित दक्षिण भारत हिंदी प्रचार सभा में स्नातकोत्तर स्तर पर अनुवाद डिप्लोमा चलाकर उसे पढ़ रहे अनुवादक तेलुगु, तमिल, कन्नड तथा मलयालम आदी दक्षिण भारतीय भाषाओं में उपलब्ध प्रमुख साहित्य रचनाएं हिंदी में अनुचित साहित्य बनाते रहते हैं । कर्नाटक के मैसूर में स्तिथ राष्ट्रीय अनुवाद

मिशन भारतीय भाषा संस्थान की नवीनतम शैक्षिक सांस्कृतिक परियोजना है। यहां साहित्येतर विषयों का अनुवाद क्रिया चलता रहा है।

तमिल साहित्य हिंदी में:

मेरी मातृभाषा तमिल के साहित्य रचनाएं आजकल अनूदित हिंदी साहित्य के रूप में उपलब्ध हैं।

संगम साहित्य का अनुवाद:

हम जानते हैं कि काव्य साहित्य का अनुवाद करना बहुत कठिन है। फारेस्ट स्मित का कथनानुसार साहित्यिक रचना का अनुवाद उबली हुई चेरीं की तरह होता है (अंग्रेजी में Translation of a literary work is as tasteless as a stewed strawberry.)।लेकिन आजकल अनुवादक यह स्थापित करते हैं कि अनूदित साहित्य अनुवाद न बने सृजन बन जाता है । उदाहरण के लिए ' तिरुक्कुरल हिंदी भाषा में ' पुस्तक के बारे में देखेंगे ।

अक्षर सबके आदि में है , अकार का स्थान ।

अखिल लोक का आदि , तो रहा आदि भगवान ॥

भ्रव सागर विस्तार से पाते हैं निस्तार ।

ईश-शरण बिन जीव , तो कर नहीं पाए पार॥

अनुवादक श्रीमान एम०जी०बेंकटकृष्णन से सन् 1998 में प्रकाशित हुई इस पुस्तक अनुवाद ना होकर हिंदी भाषा का एक सृजन मान्ने का योग्यता में है। कौन जानते ,अगर

अगली पीढ़ी इस प्रकार अनुवाद हिंदी भाषा में पढ़ने के बाद यह हिंदी साहित्य कहेंगे ,तो आश्चर्य ना होगा !

आट्रुपडै :

संगम साहित्य की एक विदा है आट्रुपडै । संगम साहित्य में चार प्रकार आट्रुपडै रचनाएं मिला। उनमें एक है तिरुमुरुगाट्रुपडै । इसे सन् २०१४ में श्री०पि०के०बालसुप्रह्मण्यन ने अनूदित प्रकाशित की ।

पुरनानूर ,नालडियार आदि का अनुवाद:

सन 2004 में श्री अव्वै नडराजन के द्वारा उद्घाटन किया गया भारत सरकार के सहायक अनुदान से आयोजित संगोष्ठी के लिए कई अनुवादक के सहायता से संगम साहित्य के पुरनानूर ,नालडियार, इन्ना नार्पद ,इनियवै नार्पद ,आदि सभी विधाओं को लेकर रूपांतर करने का प्रयास किया गया है। उनके सारांश से संगम साहित्य की समृद्ध सांस्कृतिक परंपरा और नैतिक तत्व विषयों पर कई प्रपत्र लिखवा कर छापा गया है। मैं विनय से यह कहना चाहती हूं कि मैं भी दक्षिण भारत हिंदी प्रचार सभा में पीजी डिप्लोमा कर चुकी अनुवादक हूं। रामायण में सेतु बंधन बनाते समय सभी वानर सेना भारी-भारी चट्टानों को लेकर समुद्र में डालने को देखकर एक गिलहरी ने छोटा-सा कंकड़ को लेकर समुद्र के पानी में डाल दिया।उस गिलहरी की तरह मैं भी संगम साहित्य के पुरनानूर और ना नाडियार के कुछ पंक्तियों को अनूदित की और प्रपत्रों के रूप में सौंप दी । वे अपने जीवन का सुनहरा मौका मानती हूं।

आत्तिच्चूडि :

संगम साहित्य काल के कवियों में एक कवयित्री का नाम बहुत प्रसिद्ध है वही अव्वैयार है। उनकी आत्तिच्चूडी 'गागर में सागर भरने' का काव्य है ।19वीं शताब्दी में महाकवि सुब्रमण्यम भारती और उनके बाद भारतिदासन आदि महा कवियों ने अव्वैयार की भांति नई आत्तिच्चूडि की रचना की। उनसे प्रेरित होकर डॉक्टर चेयोन ने तिरुक्कुरल आत्तिच्चूडि की रचना की। उन अनुपम काव्यों को डां०पि०के०बी साहब हिंदी में अनुवाद किया है । अगर डॉक्टर पि०के० बी साहब को 'अनुवाद के पिताजी ' कहे तो वह उन्हें उचित ही होगा ।

तमिल कथासाहित्य का अनुवाद:

सन् २००३ में दक्षिण भारत हिंदी प्रचार सभा के एक प्रमुख अनुवादक समूह की सहायता से 'दक्षिणी कथाएं ' नामक एक पुस्तक प्रकाशित हुई है। इस पुस्तक में तमिल , तेलुगु, कन्नड तथा मलयालम आदि दक्षिण भारतीय भाषाओं की चयनित प्रसिद्ध तीन-तीन ,कुल मिलाकर बारह कहानिकारों की कहानियों का अनुवाद प्रकाशित हुई है । महान अनुवादक जैसे श्री वे० आंजनेय शर्मा, श्री गुप्ता नारायण दास, स्वर्गीय श्री बालशौरि रेड्डो के परिश्रम से 'भारत के एक हृदय ' होने का तथ्य निभाने का प्रयास अनूदित कहानियों के द्वारा किया गया है ।

उपसंहार:

आज का युग कंप्यूटर का युग है। कंप्यूटर का द्वारा अनुवाद आसानी से किया जाता है। लेकिन इसमें साहित्य का जीवन कम होता है। इसलिए आधुनिक अनुवादक मशीन अनुवाद से अधिक मानव सहायता से अनुवादक करने का प्रयास करें। वही परिपूर्ण अनूदित हिंदी साहित्य प्राप्त करने का अच्छी मार्ग होता है ।

Suryabala

हिंदी के प्रमुख कहानीकार सूर्यबालाजी

डॉ॰के॰पद्मिनी पीएच॰डी

के॰पी॰हिन्दी अकादमी   ईमेल:kmr.pdmn@gmail.com

सार:

बचपन से ही पढ़ने लिखने में मेरा छाव अधिक था। मेरी मातृभाषा तमिल है, इसलिए पहले तमिल साहित्य की रचनाओं को पढ़ने में मेरी रुचि रही। कथा साहित्य में प्रवेश करते समय मालूम हुआ कि तमिल कहानियों के अलावा अन्य भाषाओं जैसे अंग्रेजी, हिन्दी, तेलुगु, मलयालम आदि भाषाओं में लिखी गई कई कहानियां भी विश्व प्रसिद्ध हैं। कॉलेज में पीएचडी करने के लिए हिंदी कहानियां पढ़ने लगी।भारतीय परंपरा, संस्कृति, सभ्यता, समाज, परिवार आदि विभिन्न परिवेश में लिखी गई सूर्यबालाजी की कहानियां पढ़ने का मौका मिला। उन्होंने सौ से अधिक कहानियां लिख चुकी हैं। मुंबई में रहने वाली सूर्यबालाजी अपनी कहानियों में सरल भाषा से मध्यवर्गीय लोगों की समस्याओं को पात्रों के द्वारा प्रस्तुत करती हैं और समाधान भी ढूंढती हैं। उनकी कहानियों को पढ़ते समय मैं भी एक मध्यवर्गीय नारी के रूप में लेखिका के साथ कहानियों के अंदर प्रवेश करती; पात्रों के साथ घूमती; उनके मनोभावों को अनुभव करती रहती थी। हिंदी कथा साहित्य जगत में महिला लेखिका सूर्यबालाजी की रचनाएं सामाजिक समस्याओं तथा उनके समाधानों को प्रस्तुत करने में आगे हैं। आधुनिक प्रभावशाली महिला कहानीकार जैसे मन्नू भंडारी, उषा प्रियंवदा, कृष्ण सोबती, मैत्रेई पुष्पा, चंद्र किरण सौन रेक्शा, ममता कालिया, निरुपमा सेवती, मृणाल पांडेय, मधुवदन, सूर्यबाला आदि प्रमुख कहानीकारों के बीच सूर्यबाला यह किसी साहित्यकार रही है जिन्होंने अपनी कहानियों में अधिकतर मध्यवर्गीय समस्याओं को चित्रित किया है। रचनात्मक और

मनोरंजक कथा साहित्यकार सूर्यबालाजी की कहानियां अपनी भाषा शैली के कारण हमारे समाज में बहुत पॉपुलर होता है।

लेखकीय परिचय:–

काव्य, नाटक एवं उपन्यास आदि विधाओं की तुलना में कहानी, जीवन और उसके आधुनिकता बोध को समग्र रूप से व्यक्त करते हुए साहित्य में अपना विशिष्ट स्थान रखती है। कहानी मुख्यत: मध्यवर्ती एवं संघर्षपूर्ण मानव-जीवन की अभिव्यक्ति है। अपने उद्भव से लेकर आज तक हिन्दी कहानी ने अनेक मंजिलों और सोपानों को पार किया है। उसकी विकास यात्रा में अनेक मोड़ आये हैं।

सूर्यबाला एक ऐसी रचनाकार हैं जिनके साहित्य में समकालीन भारतीय सामाजिक और राजनीतिक अंतर्विरोधों को अत्यंत प्रभावी ढंग से हास्य एवं व्यंग्य के सहारे अभिव्यक्ति मिल रही है। स्वतंत्रता पूर्व एवं पश्चात् भारतवर्ष की स्थितियों में पर्याप्त अंतर रहा। सूर्यबाला की कहानियों में मध्यवर्गीय जीवन को चुनौतियाँ देखी जा सकती हैं। सूर्यबाला के व्यक्तित्व की अनेक विशेषताएँ देखी जा सकती हैं। आधुनिक युग के साहित्यिक जगत में सुप्रसिद्ध लेखिका श्रीमती सूर्यबालाजी का विशिष्ट स्थान है। मूल्यों के संकट और नए मानव मूल्यों की प्रतिष्ठा में सूर्यबाला का चिंतन अति महत्वपूर्ण है।

सूर्यबाला जी इतनी सरल हैं कि वे किसी भी व्यक्ति से यथा शीघ्र घुल-मिल जाती हैं। वह सहजता को कहानी का अनिवार्य गुण मानती हैं। उनके व्यक्तित्व का और एक पहलू है – सामान्य जीवन में और रचना में पात्रों के चित्रण में भी उदार भाव से आगे बढ़ना। एक साहित्य मनीषी ने बड़े स्नेहपूर्वक पूछा था – "एक बात बताइए; उपन्यासों में सारे पात्र (नौकर-नौकरानियाँ) इतने उदार, इतने गुणी-गुणी कैसे हैं? जीवन में इतना संभव है क्या ?"(१) सूर्यबालाजी ने लिखा कि – "मैंने जीवन में इससे संभव शिवत्व और सौन्दर्य देखा है।"(२)

सूर्यबाला – जन्म, शिक्षा एवं विवाह

श्रेष्ठ लेखिका सूर्यबालाजी का जन्म २२ अक्टूबर १९४४ को मिर्जापुर में हुआ किन्तु जन्मोपरान्त कुल १५-२० दिन ही वहाँ रहीं। उनके

साहित्यिक जीवन पर पिता की कवि प्रवृत्ति तथा बहनों के संगीत व साहित्य-प्रेम का विशेष प्रभाव पड़ा। सारी शिक्षा वाराणसी से ही प्राप्त की। उन्होंने काशी हिन्दू विश्वविद्यालय से रीति-साहित्य में पीएच.डी की उपाधि प्राप्त की।

सूर्यबाला के पति श्री आर.के.लाल हैं, वे पहले सिंधिया स्टील नेवीगेशन में इंजीनियर थे एवं फिर ग्लैक्सो लौबोरेटरीज़, थाने में इंजीनियरिंग मैनेजर हैं। सूर्यबाला जी का वैवाहिक जीवन बड़ा सुखमय रहा है। अब पति सेवा निवृत्त हो चुके हैं। सूर्यबालाजी का परिवार बड़ा समृद्ध है। आपके दो बेटे तथा एक बेटी – दिव्या है। दोनों बेटे अपनी-अपनी नौकरी तथा परिवार से बेहद खुश हैं। बेटी तथा दामाद जी की पारिवारिक स्थिति भी अच्छी है। वे आजकल मुंबई में रहते हैं।

सूर्यबाला आठवें दशक में उभरी एक खूब जाना-पहचाना नाम, एक विशिष्ट लोकप्रिय हस्ताक्षर हैं जिनकी रचनाओं का कथ्य और फलक सिर्फ घर-परिवार तक ही सिमटकर नहीं रह जाता वरन् उसके आगे भी एक विस्तृत क्षितिज तक फैला है। आज की ज़िन्दगी की दुहरी लाचारियों और द्वंद्वभरी मानसिकताओं की अभिव्यक्ति में सूर्यबाला जी विशेष रूप से सिद्धहस्त हैं। इनके विचार साहित्य के प्रति सटीक रहे हैं। उनके अनुसार – "सिर्फ सामयिकता से संबद्ध हो जाने से भी रचनात्मकता के एकांगी हो जाने का भय रहता है।"(३)

साहित्य – समाज में ये एक सफल लेखिका रही हैं। पिछले तीस वर्षों से हिंदी कहानी, उपन्यास और हास्य-व्यंग्य में एक सुपरिचित प्रतिष्ठित नाम है 'सूर्यबाला'। सभी प्रकार के साहित्यिक, साप्ताहिक एवं स्तरीय पत्र-पत्रिकाओं में निरंतर आप द्वारा लिखित अनेक विषयों पर लेख, कहानियाँ, उपन्यास आदि प्रकाशित होते रहे हैं। वह सदैव अपने व्यक्तिगत स्वार्थों तथा संकीर्ण मनोवृत्तियों से उपर उठी रहीं। उनका मानना है कि अपने व्यक्तिगत स्वार्थों तथा संकीर्ण मनोवृत्तियों से उपर उठी रहीं। उनका मानना है कि – "आज के युग में विश्वास, आस्था और निष्ठा की बातें कहना अपना मखौल उड़ाना ही है, कुछ हद तक यह सही भी है लेकिन संस्कारों को कैंचुल की तरह उठाकर फेंका नहीं जा सकता।"(४)

लेखिका का मानना है कि आज भी मानव के जीवन में धैर्य,

सहनशक्ति और त्याग का महत्व है। लेखिका सूर्यबाला की रचनाओं में एक सूक्ष्म-सी प्रयोगशीलता दिखाई देती है जो उनके कथ्य को अत्यंत प्रभावी ढंग से अभिव्यक्ति देती है। इनके व्यक्तित्व में भावनात्मकता का पहलू अधिक प्रभावी है फिर भी रचना की माँग के अनुसार वह अपनी कहानियों में बौद्धिक सूक्ष्म विश्लेषण का आयोजन भी करती हैं।

सूर्यबाला का निम्नवर्ग से सरोकार बौद्धिक नहीं हार्दिक है तथा केवल कहानी के कथ्य की तलाश में इकट्ठा किया गया मसाला नहीं अपितु असली जीवन की उपज है। लेखिका के बड़बोलेपन से नहीं, उसकी आंतरिक हार्दिकता से उसके पक्ष या विपक्ष की असलियत खुलती है। नारी की कर्मठता और मूक व्यथा सूर्यबाला की कहानियों का मुख्य विषय है। लेखिका ने मात्र मध्यवर्गीय नारी जीवन तक अपनी लेखनी सीमित न रखकर उसके आस-पास के व्यापक परिवेश को चित्रित करने का प्रयास किया है। उनकी सार्थक गहरी व्यंग्यात्मकता, ज़िंदगी की साधारणता से ईमानदार लगाव, मामूली आदमी की संघर्षगाथा की पहचान और खोटा देशीपन उनकी कहानियों में विशेष बनकर उभरा है।

सामयिक जीवन स्थितियों को लेकर अनेक रचनाएँ लिखीं। उन्होंने यह स्वीकार किया है कि ऐसी रचनाओं का उद्देश्य निम्न और मध्यवर्ग को दावानल की तरह निगलती लाचार तंगहाली को दिखाना ही नहीं वरन् उससे उपजी वह पंगु मानसिकता जो हमेशा-हमेशा के लिए आदमी की अस्मिता को सुखाकर ठूंठ कर देती है, को दूर करना है। यह सामयिकता का एक दीर्घकालीक प्रभाव होता है। इनके व्यक्तित्व में एक ओर स्वतंत्र लेखिका का रूप दृष्टिगोचर होता है, वहीं दूसरी ओर हास्य-व्यंग्य, समाज सुधारक, नवीन भाषा-शैली, मानवीय संवेदनाओं से ओत-प्रोत बहुआयामी पक्ष भी दिखाई देता है।

समकालीन कथा साहित्य में लेखिका सूर्यबाला का लेखन अपनी विशिष्ट भूमिका और महत्व रखता है। आठवें दशक में एक इन्द्रधनुष तथा रेस जैसी कहानियों और मेरे संधिपत्र शीर्षक उपन्यास के माध्यम से अपनी उपस्थिति दर्ज कराने वाली सूर्यबाला एक विलक्षण व्यक्तित्व की रचनाकार हैं। इसी तरह उनकी कहानियों में एक तरफ गलत और भ्रष्ट व्यवस्था से जूझती

रहमदिल, दिशाहीन, मटियाला तीतर और होगी जय पुरुषेत्तम नवीन जैसी रचनाएँ हैं तो दूसरी तरफ बाउजी और बंदर, गृहप्रवेश और सांझवती जैसी रचनाएँ भी जो एक प्रच्छन्न अवसादी व्यंग्य के बीच से जीवन आस्था को सहेजती चलती हैं। इसी परंपरा में आगे की अन्य रचनाओं में अनाम रिश्तों और अबूझे अहसासों को अत्यंत मार्मिकता के साथ उजागर किया गया है।

उनका कहना है कि – "पुरस्कार मिले न मिले, पुस्तक कइयों की नज़रों से गुज़रती तो है, पूरी तरह गुम तो नहीं हो जाती पर उनको साहित्य कृतियों के लिए, उनके साहित्यिक योगदान के लिए कई बार पुरस्कृत एवं सम्मानित किया जा चुका है। १९९६ में उनको 'प्रियदर्शिनी पुरस्कार' से पुरस्कृत किया जा चुका है। उनकी कृति 'कात्यायनी संवाद' के लिए उन्हें 'घनश्यामदास सर्राफ' पुरस्कार मिला है। नागरी प्रचारिणी सभा, दक्षिण भारत हिंदी प्रचार सभा, मुंबई विश्व विद्यालय आदि संस्थाओं से वह सम्मानित हुई हैं।(५)

रचनाएँ

लेखिका की प्रथम कहानी 'जीजी' अक्टूबर १९७२ में सारिका में प्रकाशित हुई थी। कहानी, उपन्यास, नाटक, व्यंग्य, लेख आदि सब मिलाकर इनकी १०५ रचनाएँ शीर्षस्थ पत्रिकाओं में प्रकाशित हो चुकी हैं।

आकाशवाणी तथा दूरदर्शन से भी साक्षात्कार तथा कार्यक्रम समय-समय पर प्रसारित होते रहे हैं। लेखिका सूर्यबाला का रचना संसार मात्र कहानियों तक ही सीमित नहीं रहा है अपितु उपन्यास, बालोपयोगी, हास्य-व्यंग्य से परिपूर्ण कृतियाँ भी उनके लेखन में समाहित हैं। लेखिका के समग्र रचना संसार को इस प्रकार देखा जा सकता है –

कथा – साहित्य

सूर्यबाला जी के प्रसिद्ध कहानी संग्रहों में – एक इंद्रधनुष, दिशाहीन, थाली भर चाँद, मुंडेर पर, गृह-प्रवेश, साँझवती, कात्यायनी संवाद (कहानी संग्रह), अजगर करे न चाकरी, धृतराष्ट्र टाइम्स (व्यंग्य संग्रह) आदि हैं।

थाली भर चाँद – इस संग्रह में समय की सच्चाई को उजागर कर सत्य को पहचानने की सफल कोशिश की गई है । ये कथाएँ मानव के

अंतर्मन पर जलती सतत् शोध व्याख्याएँ हैं जो विसंगतियों के बीच भी आस्थापूर्ण संगति को बिठाती है।

मुंडेर पर कहानी संग्रह में कुल दस कहानियाँ हैं। इसमें समाज की उन दर्दनाक परिस्थितियों को उजागर किया गया है जिनके बारे में मानव देख सकता है, जान सकता है लेकिन उन परिस्थितियों को सुधारने की बात जब आती है तो झिझक जाता है। प्रस्तुत कहानी संग्रह में असफल प्रेम, कर्तव्य, छल-कपट, मानव मन के मनोविकार, नारी की समस्याएँ, पुरुष के खोखले विचार, समाज की ईर्ष्या भावना इन सभी विषयों को उजागर कर मानव मन को हिला दिया है।

गृह – प्रवेश कहानी संग्रह में कुल ग्यारह कहानियायाँ हैं – गृहप्रवेश, बाउजी और बंदर, सौदागर दुआओं के, होगी जय...हे पुरुषोत्तम नवीन !, समापन, सुनो सुमित सुनो सुलभ, सुखांतकी, सलामत जागिरें, गुफ़्तगूँ, दूज का टीका, गीता चौधरी का आखिरी सवाल। इन कहानियों में हल्के हास्य के साथ विभिन्न प्रकार की मध्यवर्गीय जीवन की समस्याओं को उठाया गया है। लेखिका सूर्यबाला की अनवरत कथा यात्रा का नवीनतम पड़ाव गृहप्रवेश कहानी संग्रह है। विघटन, आतंक एवं हताशा के बीच जी पाने की कोशिश और जी लेने की कला की प्रतिष्ठापना करती ये कहानियाँ रोशनी के झरोखे-सी हैं साथ ही भौतिकता की अंधी दौड़ में सामाजिक और भावनात्मक रिश्तों की गुम होती जा रही खुश्बू को समेटने की सार्थक पहल भी।

साँझवती – कहानीकार सूर्यबाला ने नारी मुक्ति के आंदोलन से अपने दृष्टिकोण को सीमित नहीं किया है अपितु पुरुष द्वारा किये गये अन्याय व अत्याचार को भली-भान्ति समझकर अभिव्यक्ति दी है। 'सुमिन्तरा' नामक कहानी में सुमिन्तरा की बेटियों का यह दर्द विभिन्न स्थितियों की जटिलताओं के माध्यम से व्यक्त हुआ है।

सूर्यबाला की सार्थक गहरी व्यंग्यात्मकता, जिंदगी की साधारणता से ईमानदार लगाव, मामूली आदमी की संघर्ष गाथा की पहचान और उनका देशीपन, उनकी एक कहानी गोबरच्चा का किस्सा प्रकट हुआ है। लेखिका ने गावों के हालात, व्यवहार, कारनामे, अपनी खास शैली में व्यक्त किये हैं। गोबर चाचा के भगवे वस्त्र में छिपी मनोवैज्ञानिक गाँठ, जो अहं और अपने

कर्तव्य को त्यागकर भगोड़ेपन पर पल रही है।

सूर्यबाला की लगभग सभी कहानियों में मध्यवर्गीय जीवन की करुणा की छाया विद्यमान दृष्टिगोचर होती हैइन्हीं की एक कहानी 'दिशाहीन' है जिसमें ग्रामीण परिवेश में पलने-बढ़ने वाले लड़कों का नगर के वातावरण में आकर बदलने का प्रयास तथा भाषा, पोशाक, रहन-सहन सभी कुछ भिन्न होने के परिणामस्वरूप मिसफिट होना और अंतत: तक दिशाहीन तथा कुंठाग्रस्त होते जाना दिखाया गया है। लेखिका ने कई कहानियाँ ऐसे युवकों को केन्द्र में रखकर लिखी हैं जो शिक्षित होते हुए भी बेरोज़गार रहते हैं।

इनकी सामयिक जीवन स्थितियों पर लिखी कहानियों में कंगाल, दिशाहीन, रेस, रहमदिल, वे जरी के फूल, विजेता, आदमकद, पीले फूलों वाली फ्रॉक आदिसूर्यबाला जी ने सिर्फ नारी, घर-आँगन, और दांपत्य कुंठा पर न लिखकर कुछ संदर्भों को जैसे उच्च वर्ग एवं मध्य वर्ग तक फैली महत्वाकांक्षाओं, निम्न और निम्न मध्यवर्ग के शोषण के अलग-अलग आयामों आदि की रचनाओं में समेटने का प्रयत्न किया है।

पाँच लंबी कहानियाँ संग्रह में गृह प्रवेश, भुक्खड़ की औलाद, मानसी, मटियाला तीतर, अनाम लम्हों के नाम आदि पाँच कहानियाँ होती हैं।

अजगर न करे चाकरी व्यंग्य संग्रह में ४७ व्यंग्य हैं जो अनेक कथ्यों को अपने में समेटे हुए हैकहानी और उपन्यास के साथ-साथ व्यंग्य लेखन में लेखिका की कलम बराबर चलती रही हैइस संग्रह की रचनाओं में एक ओर चुहल, विनोद और मीठी मसखरी है तो दूसरी ओर धारदार व्यंग्य भीइन व्यंग्यपरक रचनाओं की पैनी छुरी की मार से वर्तमान समाज और साहित्य का कोई वर्ग नहीं बच पाया हैइसमें सूर्यबाला जी समाज में व्याप्त अनाचार, दुराचार, पाखंड और भ्रष्टाचार को हास्य-व्यंग्य के माध्यम से सफल रूप से प्रस्तुत किया है।

धृतराष्ट्र टाइम्स व्यंग्य संग्रह में कुल ३८ व्यंग्य हैं जिनमें परलोक के उपरी माले से एक पुरस्कार यात्रा, अगली सदी का शोध पत्र, यह देश और सोनिया गाँधी, रचनात्मक आयामों से बचते-बचाते, हाय!

मैंने क्यों नहीं लिखा सीरियल? दो शब्द: डूब मरने की बात टेपरिकार्डर की गागर में सागर बनाम संस्कृति का बारहमासा आदिसूर्यबाला की संपूर्ण कहानियाँ इसी चेतना से अनुप्राणित हैंयही कारण है कि कहानियों के अंत में पाठक को एक भावनात्मक झटका लगता हैइस प्रकार कहानी साहित्य में विभिन्न समस्याओं को वास्तविक रूप में चित्रित कर कहानी हिन्दी परम्परा में लेखिका ने एक श्लाघनीय स्थान प्राप्त किया है।

संकलित कहानियाँ ग्रंथ में सूर्यबाला जी की प्रसिद्ध पन्द्रह कहानियाँ प्रकाशित हुई हैंश्री चन्द्रकला त्रिपाठी ने इस ग्रंथ की भूमिका में सभी कहानियों के कए अध्ययन लिखे गये हैं।

उपन्यास साहित्य

सूर्यबाला जी के प्रकाशित उपन्यासों में मेरे संधि-पत्र, सुबह के इन्तज़ार तक, अग्नि पंखी, यामिनी-कथा, दीक्षांत आदि अति महत्वपूर्ण उपन्यास हैं।

मेरे संधि पत्र उपन्यास में लेखिका ने नारी के विविध आयामी रूप को व्यक्त किया हैइस उपन्यास को पढ़कर एक साहित्य मनीषी ने पूछा था– "एक बात बताइये, उपन्यास में सारे पात्र (नौकर-नौकरानियाँ तक) इतने उदार, इतने गुडी-गुडी कैसे हैं? जीवन में इतना संभव है क्या?"(६)

सूर्यबाला के दूसरे उपन्यास सुबह के इंतज़ार तक की नायिका मानू निम्न मध्यवर्ग की एक ऐसी नारी है जो अत्यंत तंगहाली में अपना जीवन व्यतीत करती हैउसे समाज से प्यार, अपनापन और सम्मान मिलता है किंतु उसकी मृत्यु हो जाती हैलेखिका के उपन्यासिक पात्र पाने से अधिक देने में विश्वास रखते हैं।

अग्निपंखी में पूर्णतया अलग विषय उठाया गया होगाँव से शहर आकर सुखी संपन्न जीवन बिताने का स्वप्न देखने वाले अर्ध-शिक्षित अभागे युवकों की गाथा ही इस कहानी का मूल हैलेखिका ने इन पात्रों के माध्यम से यह व्यक्त करने का प्रयास किया है।

यामिनी कथा उपन्यास में जिस आधुनिकता के दर्शन होते हैं वह नई पीढ़ी कोविशेष रूप से अपनी ओर आकृष्ट करती है।

दीक्षांत उपन्यास में लेखिका ने एक प्राध्यापक के माध्यम से व्यक्ति मात्र की जीजिविषा और अस्मिता की नीलामी करवाती विसंगतियों का जीवन्त चित्र उपस्थित किया है।

कथाकार सूर्यबाला ने मध्यवर्गीय जीवन की विषमताओं की अभिव्यक्ति के लिए हास्य और व्यंग्य को भी आधार बनाया है।उसकी करीब डेढ़ सौ से अधिक रचनाएँ शीर्षस्थ पत्र-पत्रिकाओं में प्रकाशित हो चुकी हैं।जीवन में सच्चाई को, सहज अनुभूतियों को यथार्थ दृष्टिपूर्वक चित्रण करने में वह सिद्धहस्त हैं। उनकी लेखनी की सबसे बड़ी शक्ति उनकी ईमानदारी है।

डॉ. सूर्यबाला के सृजन पर समीक्षकों के विचार

डॉ.धर्मवीर भारती के अनुसार सूर्यबाला की भाषा तथा गहरी सूक्ष्मग्राहिता के उपर उनका अधिकार देखकर मैं अभिभूत हो गया हूँ।

भानु काले (अंतर्नाद के संपादक व अनुवादक) — २५ जुलाई १९९६ में उनकी कहानियों के विषय में लिखा है— गच्चीवरुण उनकी सर्वश्रेष्ठ कहानियों में से एक है जो मैं एक लंबे समय तक पढ़ता रहा था।भावनाओं की अभिव्यक्ति, गहन अनुभव का सूक्ष्म वर्णन आदि की मैं सराहना करता हूँ। भाषा शानदार है।

कमलेश्वर (प्रसिद्ध लेखक तथा सारिका के संपादक) १४ जून १९७४ में— मैं आपके लेखन की सराहना करता हूँऔर आने वाले वर्षों से आपसे और अच्छे साहित्य की आशा करता हूँ।

कथन (साहित्य और संस्कृति की हिन्दी पत्रिका) — १२ अप्रैल १९९९ में उनकी कहानियों के बारे में लिखते हैं— आपकी रचनाओं की प्रशंसा की जाने वाली योगिता है और उन्हें अपनी पत्रिका में छापना हमारे लिए खुशी की बात है।

धर्मयुग(हिन्दी पत्रिका) — १५ अप्रैल १९९१ में उनके एवं उनके लेखन के बारे में लिखा गया है— ''सच यह है कि अपने जीवन में चारदीवारी के पीछेरहने पर भी उन्होंने हिन्दी साहित्य की सेवा की।यह अस्सी से नब्बे के दशक का जाना-माना नाम है।

डॉ.चन्द्रकांत बंदिवाडेकर (मराठी व हिन्दी साहित्य के प्रसिद्ध समीक्षक) – उनकी कहानियाँ अद्भुत हैं।सूर्यबाला की कहानियों में एक अनूठी सादगी और मिठास मिलती है– व्यंग्य, करुणारस, विरोधाभास और हल्का हास्य, ये सब उन की कहानियों एवं उपन्यासों के मूल पहलू हैं।

साक्षात्कार

प्रश्न: डॉ.सूर्यबालाजी, आप सौ से भी अधिक कहानियाँ लिख चुकी हैं।आप की कहानियों में मध्यवर्गीय जीवन का यथार्थ वर्णन मिलता है।इसके बारे में आपसे थोड़ी-सी चर्चा करना चाहती हूँ। कृपया अपने विचारस्पष्ट करें।

सूर्यबाला जी: मैं हमेशा कहती हूँकि इष्ट ही मेरी कहानियों का आधार है।अगर पाठक को मेरी कहानियों को पढ़ने का इष्ट न हो तो मेरा इष्ट भी न होगा लिखने के लिए।मेरा इष्ट अपने पाठकों के साथ है।अगर पाठक न हों तो मैं भी नहीं हूँ। मेरी कहानियाँपढ़ना और समझना इतना आसान नहीं है।जब पाठक मेरी कहानी की वस्तु तक पहुँचता है तब मुझे सफलता मिलती है।यहाँ मैं एक उदाहरण देती हूँ- एक दिन डॉ.विष्णु भारती मुझे फोन करके कहती हैं कि वह मेरी कहानी 'सिंड्रेला का स्वप्न' पढ़कर बहुत रोई थीं, वही कहानी की सफलता है– Success of the story.

प्रश्न: 'पाँच लंबी कहानियाँ' संग्रह में आपने शहरीय तथा ग्रामीण मध्यवर्गीय जीवन का अंतर खूब दिखाया है।उन कहानियों के बारे में आपके विचार...?"

सूर्यबालाजी: उन कहानियों में 'मटियाला तीतर' कहानी का नायक एक गाँव से काम पर मुंबई शहर आया लड़का देव है।कहानी के अंत में देव जो घर से निकलते जन-समुद्र में गायब हो जाता है, लिखा गया है।वो समुद्र में डूबकर मर जाता है, ऐसा समझा जाता है किन्तु यह गलत है।मैं अपनी कहानियों में कभी किसी पात्र को आत्महत्या करना, ऐसा नहीं लिखती।हिन्दी भाषा को अच्छी तरह समझकर पढ़ना-लिखना ज़रूरी बात है।हर कहानी में मध्यवर्गीय लोगों की मनोभावनाएँ, जैसे- प्यार, ममता, भय, साहस, अकेलापन, स्वाभिमान सबका वर्णन किया गया है।

प्रश्न: आपकी कहानियों में 'आदमकद' कहानी को पढ़ते समय उस कहानी की भाषा तथा शब्दार्थों को समझने में बहुत कठिनाई होती थी।क्या इसका कारण

बता सकती हैं?

सूर्यबाला जी: 'आदमकद' एक मध्यवर्गीय साधारण गाँव वाली कन्या की कहानी है इसलिए उस कहानी की भाषा अलग है।गाँव में जीवन बिताती एक नारी अपने पति की असमय मृत्यु के बाद बेटे के लिए, उसकी सुरक्षा के लिए खेतों में काम करते पैसा कमाने का निश्चय करती है।यह कहानी एक विशेष ग्रामीण भाषा-शैली में लिखी गई है।

संदर्भसूची:

(१)   सूर्यबाला-राष्ट्रवाणी(जुलाई-अगस्त१९९४)-मेरीरचनाप्रक्रिया

(२) सूर्यबाला-राष्ट्रवाणी(जुलाई-अगस्त१९९४)-मेरीरचनाप्रक्रिया

(३) सूर्यबाला-राष्ट्रवाणी(जुलाई-अगस्त१९९४)-मेरीरचनाप्रक्रिया

(४) सूर्यबाला-राष्ट्रवाणी(जुलाई-अगस्त१९९९)-मेरीरचनाप्रक्रिया-पृ.सं.-०४

(५) सूर्यबाला-संचेतनापत्रिकामेंप्रकाशित-निष्पक्षछविवालेविद्वानकोजोड़ाजाए-पृ.सं.२२

(६) सूर्यबाला-राष्ट्रवाणी(जुलाई-अगस्त१९९९)-मेरीरचनाप्रक्रिया-पृ.सं.०४

www.ingramcontent.com/pod-product-compliance
Lightning Source LLC
LaVergne TN
LVHW040045150726
843364LV00038B/1019